Le Continent inexploré
Contes merveilleux
2ème édition

Svétoslava Prodanova-Thouvenin

Le Continent inexploré
Contes merveilleux
2ème édition

Avec les illustrations de l'auteur

Rédaction linguistique et technique
par Patrick Thouvenin

© 2011   Svétoslava Prodanova-Thouvenin

Éditeur : Books on Demand GmbH, 12/14 rond-point des Champs Élysées, 75008 Paris, France
www.bod.fr

Impression : Books on Demand GmbH, Norderstedt, Allemagne

- 1ère édition :
ISBN 978-2-8106-1234-5
Dépôt légal : mars 2011

- 2ème édition révisée :
ISBN 978-2-8106-2231-3
Dépôt légal : septembre 2011

Au Grand Dieu,
source éternelle de tout ce qui est bien,
de ce qui est beauté,
des dons excellents,
je dédicace ce livre,
avec gratitude.

Table des matières

– Le Chat et la Nuit
– Le Moulin à vent qui volait
– La clochette, le miroir espion et la clé,
  ou L'histoire de la Maison
– La ville des dentelles
– Le Continent inexploré
– La Montagne rose
– L'Homme qui parlait aux étoiles
– Le Ramoneur

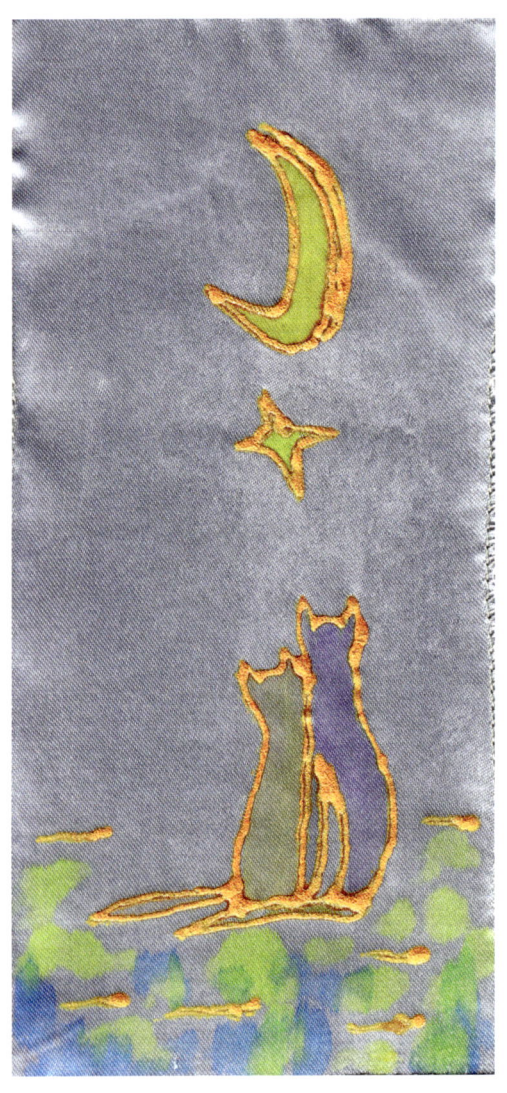

Le Chat et la Nuit

IL VINT au monde à l'aube. C'était le seul chaton de la portée, ce qui causa à la vieille chatte une profonde déception. Elle regarda le petit, cligna de ses yeux verts et se dit : « Comme il est laid ! C'est incroyable ! Je n'avais jamais pensé que je pouvais donner le jour à un tel laideron ! Sa fourrure est déjà toute pelée et grisâtre, qu'est-ce que ce sera quand il deviendra adulte... »

Le petit chat aveugle se heurta contre les mamelles maternelles, tendit le museau pâle et se mit à téter. L'aube se levait. La journée s'annonçait belle et sa lumière rosée inondait de fraîcheur la grande corbeille d'osier où étaient pelotonnés la chatte et le chaton. Voyant son petit frissonner à la lumière, comme d'un mauvais pressentiment, la chatte le protégea de son corps.

Les jours passaient et le chaton grandissait. Il était toujours aussi ingrat d'aspect avec son pelage râpé et son museau disgracieux, presque repoussant. Au grand déplaisir de ses maîtres, il n'aimait pas jouer. Seul le regard inquiet de sa mère partageait sa solitude : « Les gens pensent que les petits chats ne viennent au monde que pour les distraire. Ils leur lancent une balle ou une pelote de laine et s'amusent de leur jeu innocent. Mais pourvu que l'idée de jouer avec un objet précieux n'arrive pas à l'esprit de leur chaton, sinon ils sont prêts de le jeter à la rue. »

La chatte était contente que son enfant au moins fasse preuve de dignité. Il ne voulait pas qu'on le traite comme un jouet, comme une distraction pour les moments d'ennui qui tuent la vie... Seul, quand personne ne le voyait, le chaton jouait avec une feuille poursuivie par le vent, une noix trouvée au grenier, les ombres des moineaux. Il ne chassait ni les oiseaux ni les souris, ce qui donnait du souci à la chatte. Quand on est né prédateur, il faut vivre comme un prédateur. D'ailleurs, même les doux pigeons sont devenus voraces et insatiables...

Le chaton grandissait et découvrait le monde. Depuis un certain temps il s'oubliait à regarder le ciel. Surtout le soir. Une fois, il veilla très tard et vit les étoiles. Il les regarda stupéfait, émerveillé, tendant craintivement la patte dans leur direction :

– Qu'est-ce que c'est, maman ?

– Ce sont des étoiles.

– C'est quoi, les étoiles ? Des lucioles gelées ? Comment sont-elles allées si loin ?

– Tu poses trop de questions, mon petit, les étoiles sont les yeux de la nuit.

– Quels beaux yeux ! Et il y en a tellement ! Tout le monde n'a pourtant que deux yeux, n'est-ce pas, maman ?

– La nuit a besoin de beaucoup d'yeux pour regarder dans les songes de chacun. Elle connaît ce que nous disons, ce que nous passons sous silence et même ce que nous n'avons pas encore pensé. C'est dans nos rêves qu'elle puise sa sagesse. Elle est bleue comme un océan infini et là, quelque part dans cette étendue immense, se trouve le port de nos rêves. C'est là que nous jetons l'ancre de nos espoirs... Mais maintenant, il est l'heure de dormir, mon garçon.

– Laisse-moi la contempler, maman. Je voudrais tellement qu'elle me remarque aussi ! Elle est si belle, tout le monde l'aime. Regarde le géranium et la giroflée qui rivalisent pour lui offrir leur parfum, les cigales qui l'ensorcellent de leur chant. Et moi, que pourrais-je lui offrir ? Je voudrais la rendre gaie. Elle est tellement triste ! Sa douleur m'étouffe.

– Dors, mon petit enfant innocent ! La nuit est une femme comme les autres. Elle ne te voit même pas. Elle ne pense qu'au jour, c'est à lui qu'elle rêve. Entends-tu ses soupirs qu'emprisonne le feuillage du noyer ? Dors !

Mais le petit chat ne s'endormit pas. Ses yeux buvaient la lumière des étoiles et une douce chaleur emplissait son cœur.

Pendant les heures consacrées à la nuit, il grandissait, devenait plus fort et plus intelligent, son cœur s'emplissait de tendresse et d'amour dévoué.

– Tiens, notre petit laideron est devenu un grand chat ! dit un jour le maître du logis. À la saison des amours, nous allons bien rire. Je n'ai jamais vu une bête aussi laide.

Ces paroles moqueuses blessèrent profondément le chat gris. Pourquoi le traitait-on ainsi ? Tout le monde ne peut pas être beau. Et comme c'est laid quand les hommes disent de quelqu'un : « Il est coureur comme un vieux chat lubrique ! » Est-ce qu'un chat n'a pas le droit d'aimer ?

Il était amoureux de la nuit. Il voulait profiter de chacun de ses instants. Quand la nuit tombait, il montait sur le toit de la maison pour se rapprocher d'elle. Il regardait ses milliers de prunelles lumineuses et lui déclarait son amour.

À la maison, ses maîtres tournaient et retournaient dans leur lit en grommelant :

– Va-t-il enfin cesser de miauler, ce maudit chat, impossible de fermer l'œil !

Il continuait son chant passionné d'amour. Mais la nuit ne condescendait même pas à l'écouter, ses pensées étaient occupées par le jour. Elle l'aimait avec désespoir et abnégation. D'un amour sans lendemain. Elle n'arrivait jamais à le rencontrer. Le jour la fuyait, bellâtre narcissique et infatué. Il enfourchait l'étalon ardent du soleil et galopait vers l'ouest, pendant que la nuit essayait de le rattraper. À bout de forces, elle embarquait sur le frêle esquif du croissant lunaire pour traverser la mer céleste, elle ramait désespérément à la suite du cheval fougueux de son bien-aimé qui s'éloignait vers l'horizon. Comment rattraper avec une barque un cheval galopant ?

Brisée, la nuit s'asseyait enfin dans une prairie et le chant des cigales l'enlaçait affectueusement. Éperdue, elle s'arrachait à l'étreinte de la musique nocturne, escaladait les montagnes, descendait, haletante, dans la ville, regardait par les fenêtres et son souffle emplissait les demeures. D'abord bleu, puis violet et enfin tout noir, il déferlait et s'installait dans la maison. Le chat gris s'y faufilait, tremblant de peur qu'un coup de pied brutal ne le chasse avant qu'il ait pu toucher sa bien-aimée. Partager l'intimité de la nuit dans la maison endormie était beaucoup plus saisissant que la rencontrer dans le jardin, devant les regards des humains. Les yeux du chat nageaient comme des poissons d'or dans l'aquarium du crépuscule, plongeaient dans le souffle bleuâtre de la nuit.

Il se mit à éviter le jour. Fatigué par ses rendez-vous tardifs avec sa bien-aimée, il passait la journée à dormir. Ne pouvant supporter les grâces de son rival, il se cachait dans l'ombre du noyer.

– Ce chat a l'air malade, dit un jour la maîtresse de maison. Il est tout le temps couché à l'ombre. Je n'ai jamais vu un chat qui n'aime pas le soleil. J'espère qu'il ne va pas contaminer les enfants...

– Je l'attacherai dans un sac et je le jetterai dans la rivière, répondit calmement le maître de maison. Il ne va plus du tout bien. Même les chattes ne l'intéressent pas, quant à donner la chasse aux souris n'en parlons pas... Dès ce soir il ira retrouver les poissons...

Le chat frémit. Il n'avait pas peur d'être noyé, non. Ce qu'il voulait, c'était revoir sa bien-aimée encore une fois, une dernière fois ! Il bondit et courut vers la colline où elle faisait son apparition... Il ne vit que l'œil cruel et sanguinolent du jour, un œil impitoyable et brûlant.

La nuit pleurait doucement à l'autre bout du ciel. Et voici qu'elle ressentit soudain un léger frôlement d'amour. Elle fixa son regard dans la direction du souffle chaud. La nuit vit sur la colline un chat gris, au pelage râpé. Il l'appelait. Elle comprit qu'elle devait répondre à son appel, c'est ce que lui dictait son cœur.

Le chat entendit des pas dans son dos. Il se retourna. Une chatte, à la fourrure noire et lustrée, le regardait de ses yeux de braise, figée. Il la reconnut et l'émotion lui noua la gorge. La chatte enfouit tendrement son museau argenté dans le cou à poils clairsemés du chat. Et le miracle se fit : son pelage devint comme de l'argent, brilla des mille feux d'une poussière d'étoiles…

Épuisé, le jour attendait avec impatience que la nuit vienne le remplacer. Elle avait tellement couru pour le rejoindre ! Pourquoi tardait-elle encore ? Il regarda vers la Terre. Il vit sur une colline deux chats blottis l'un contre l'autre qui ne voyaient pas les grains dorés du soleil couler dans le sablier du Temps…

Le jour pencha la tête et dit à la chatte noire :

– Je suis fatigué, viens prendre ma place !

La nuit se tourna vers le chat :

– C'est l'heure de partir. Je reviendrai demain. Je dirai aux cigales de te bercer de leur chant et le temps ne te paraîtra pas long. Rentre à la maison, tes maîtres ne te reconnaîtront pas. Il faut pour cela des yeux différents... Ne crains rien, on ne te jettera pas dans la rivière, vas-y.

Le seul chat argenté au monde rentra à la maison. Ses maîtres en sont désormais très fiers. Ils sont heureux de s'être débarrassés du laideron sans avoir à commettre un péché. Ils ne savent pas que le péché est déjà commis puisqu'il a germé dans leurs pensées...

Pendant le jour, le chat reçoit la visite d'une chatte noire. Elle est si belle que personne ne la chasse si elle croise le chemin.

Et la nuit, le chat rêve d'étoiles...

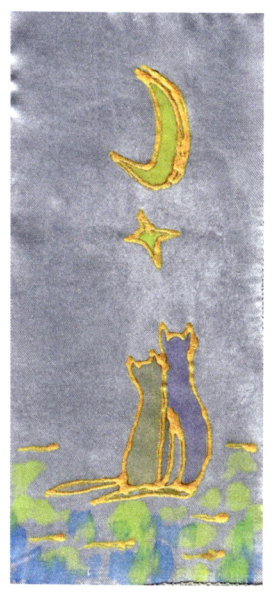

Le Moulin à vent qui volait

Un conte inspiré par les Pays-Bas

LE MOULIN à vent se rappelle bien cette journée. Le héron fut le premier à venir. Il posa ses longues échasses tout près des lueurs vertes du canal et replia les ailes. Il lissa du bec son plumage, chassant la brise légère cachée entre ses plumes qui s'envola avec un doux bruissement et s'en retourna vers la mer. Le héron se sentit suffisamment beau pour contempler son reflet. Il se pencha légèrement au-dessus du miroir vivant de l'eau. Mais il n'apprécia pas l'image ondulée de l'oiseau qui le regardait effrontément. « Un miroir vivant ! se dit-il, irrité. J'aurais mieux fait d'offrir ma beauté à un éclat de verre... » Il ne savait pas que toute chose animée transforme le monde ambiant et même si l'image qu'elle en renvoie semble enlaidie, c'est une image de la vie...

Mais le héron préférait les flatteries astiquées du verre et il se mira dans la vitre de la fenêtre du moulin. Il fut satisfait de l'image qu'il y vit et, ragaillardi, il s'aperçut du moulin et le salua avec condescendance. Celui-ci, qui passait ses journées à attendre de la visite, en fut tout content car toute attention, même empreinte de dédain, le réjouissait.

– Sois le bienvenu ! souffla-t-il avec tout le vent lourd emprisonné dans ses ailes, tu viens de loin ?

Le héron plissa les yeux d'un air infatué :

– De très loin. D'un endroit où tu ne pourras jamais aller.

Le moulin ignora l'offense et murmura avec la brise légère tapie sous le chaume de son toit :

– Puisque tu viens de si loin, comment sais-tu que tu es arrivé chez nous, aux Pays-Bas ?

– Rien de plus simple. Toi, tu ne peux pas le savoir puisque tu n'as jamais volé. Tu ne vois que ce qui est devant les yeux de tes fenêtres aux carreaux cassés. Mais vu d'oiseau, rien de plus facile : un ruban vert tendre

— la terre — à côté d'un ruban vert foncé — le canal —, on ne risque pas de se tromper, c'est la terre néerlandaise. Et puis, il y a aussi les ailes ridicules des moulins, les tiennes et celles de tes frères. Vous les agitez pour m'appeler. Et comme je suis plein de charme et brillant causeur, vous recherchez ma conversation. Mais moi, j'ai besoin de me reposer ! Las d'avoir tant parlé, le héron se tut et tourna le dos au moulin.

Celui-ci agita les ailes avec mélancolie. Un petit bateau s'approchait à vive allure, les voiles gonflées par le vent qui courait après lui et soufflait de toutes ses forces.

– Bon voyage ! s'écria le moulin. Tu reviendras bientôt ?

– Oh, je ne pourrais pas te dire, répondit le bateau. Jusqu'à la mer, la route n'est pas longue, mais j'ignore combien de temps je voguerai au large. Tu ne peux imaginer le bonheur de fendre les flots, de découvrir des rivages bronzés par le soleil, d'en revenir la soute pleine de cargaisons diverses... Associer l'utile à l'agréable, c'est tellement merveilleux. Adieu, pauvre ami ! Nous ne nous reverrons pas de sitôt ! Et le bateau s'éloigna en glissant gracieusement, pareil aux enfants qui, chaussant leurs patins de bois en hiver, glissaient sur l'eau gelée du canal.

Le moulin poussa un soupir et regarda alentour. Le héron s'était envolé, le bateau ressemblait déjà à un jouet comme ceux que Van der Wille confectionnait pour ses fils turbulents. Il valait mieux que personne ne vienne troubler sa solitude. Après une visite c'était encore pire... Mais en fait, personne n'est jamais seul si ses pensées lui tiennent compagnie. Il faut savoir accepter sa solitude quand est obligé de vivre au milieu d'un polder, toujours à la même place, près du ruban de velours vert d'un canal, alors qu'on agite en vain ses ailes sans jamais pouvoir s'envoler. Le moulin songeait au héron, et au bateau, il se disait que les mêmes vents gonflaient les voiles du bateau, remplissaient les plumes de l'oiseau et faisaient grincer ses ailes délabrées par des rêves stériles. Pourquoi le héron et le bateau ne se souvenaient-ils pas du vent ?

Tous les vents qui soufflent sur les Pays-Bas viennent de la mer. De la mer du Nord grise, autrefois sans bornes. Mais des hommes étaient venus pour prendre à la mer le rivage qu'ils ont peuplé. La mer ne peut vivre sans rivage : ne doit-elle pas se frotter contre la peau granuleuse du sable, donner aux hommes la chair froide des poissons, la flamme chaude des coraux, la lumière nacrée des huîtres perlières ? La mer elle-même avait chuchoté ces confidences et le vent les avait apportées jusqu'au moulin.

Un jour, cependant que le vent appliqué avec zèle à sa besogne faisait tourner ses ailes, et qu'il pompait l'eau pour faire gagner aux hommes encore un terrain sur la mer, le moulin qui buvait la mer éprouva une pitié brûlante pour elle, et eut honte de lui.

– Pardonne-moi de te dessécher, toi qui es si bonne pour moi, qui m'envoies les vents pour me tenir compagnie...

La mer éclata d'un rire tonitruant qui s'envola dans une rafale de vent :

– Mais voyons, mon cher, je suis très, très égoïste ! Si je t'aide, c'est pour que tu m'aides aussi. Autrement je serais vouée à la solitude. Les inutiles sont toujours seuls et malheureux et je te suis très reconnaissante, à toi et aux hommes, d'avoir créé mon rivage, les ports où je peux prendre du repos, oui, je sssuis sssi heureuse, sssi heureuse... On ne peut être heureux sans rivage qui supporte les flux et pardonne aux reflux. Je te livre ce secret, mon cher assistant !

Pour montrer sa reconnaissance, la mer lui envoya alors un nouveau vent qu'elle réservait seulement à ses amis, un vent magique. Il était doux comme le duvet d'un cygne et mordant comme une grève couverte de coquillages écrasés. Il ressemblait à l'amitié. Il transformait les pleurs en éclats de rire et muait la joie en chagrin. Il avait le pouvoir de réaliser n'importe quel rêve et d'étouffer tout désir. Beaucoup le redoutaient. Les âmes faibles craignent les enchanteurs : qui peut affirmer que tous leurs actes sont vraiment bienveillants ? Mais le moulin n'en eut pas peur, il avait déjà reçu la visite de tant de vents différents. Et sans s'étonner reçut aussi celui-ci, et il s'en réjouit. Il savait que les miracles dormaient dans les boucles dorées de ce vent et cela lui suffisait. Fort de la sagesse de ceux qui ont souffert, il croyait que rien n'est plus beau que le miracle attendu. Il attendait patiemment...

Mais en ce moment, le moulin était très, très triste. Il s'apitoya sur son sort et appela le vent magique. Insaisissable comme un rêve, odorant comme l'espoir, celui-ci tourna en trombe autour du toit de chaume.

– Je vois qu'il est temps pour les enchantements, siffla le vent, sans même écouter la prière du moulin. D'ailleurs quel magicien serait-il s'il avait besoin que quelqu'un lui dise à quel moment sortir les magies ensoleillées de son sac ? « Dis-moi, quel est ton vœu le plus cher ? » murmura l'enchanteur blond à l'oreille de la fenêtre des combles.

Et comme c'était le rêve de sa vie, le moulin se mit à parler d'une voix saccadée :

– Je veux m'envoler, je veux voir la mer, effleurer les vagues de mes ailes, lui déclarer tout mon amour ! Je veux voir des rivages lointains, voir comme les oiseaux les canaux néerlandais...

– Qu'il en soit selon ton désir ! répondit solennellement le vent magique.

Ensuite, il agita ses larges manches, enveloppa dans son souffle chaud le moulin qui devint minuscule, s'arracha à la terre et s'envola.

– Sois béni ! n'oublia pas à murmurer avec reconnaissance le moulin et il vit en bas Van der Wille qui, un peu gris, tournait comme une toupie, agitait les bras et montrait le ciel...

Le moulin volait ! Il planait dans le ciel ! La terre était restée en bas et il se rendit compte combien il lui était attaché. Il sentit un petit vent triste et coupant lui nouer le ventre et retomber aussitôt. La nappe bleu gris de la mer miroita à ses pieds, constellée des voiles nacrées des bateaux.

— Bonjour ! s'écria le moulin, mais la mer ne l'entendit pas.

Il se sentit malheureux. Avant, quand ils étaient loin, chacun saisissait aussitôt l'appel de l'autre, chacun était à sa place, ils pensaient l'un à l'autre et s'entraidaient.

Le moulin descendit un peu et s'écria de nouveau :

— Hé, tu m'entends ? Je t'aime !

Le souffle de cet aveu fit frissonner la mer, mais elle n'entendit pas la voix du moulin. Attristé, celui-ci poursuivit son voyage. Il vola toute la journée, survolant les falaises d'une île couleur d'émeraude, des rivages méridionaux splendides qui scintillaient dans la lumière généreuse du Sud... Quand le soir tomba, il voulut revoir le ruban vert de son canal et les yeux clignotants de Volendam.

Il rebroussa chemin. Il vola en rasant presque les flots, prêtant l'oreille à la respiration de la mer endormie. En approchant du canal, il vit sur la route de Volendam un groupe d'hommes. L'étoffe noire de leurs habits se fondait dans la nuit et seul le bruit rythmé de leurs sabots trahissait leur présence. On voyait aussi la petite coiffe blanche amidonnée de la benjamine de Van der Wille et on entendait celle-ci babiller avec animation.

Le moulin se posa sur la terre sans faire de bruit. Peu après, les hommes s'approchèrent de lui et leurs rires dissipèrent les ténèbres déferlantes.

– Wille, tu as dû boire trop de bière aujourd'hui, dit quelqu'un. Voir un moulin s'envoler dans les airs, c'est quand même un peu fort ! Tu vois bien qu'il est à sa place !

Oui. Le moulin était là, bien à sa place ! Il n'avait même pas compris comment il était redevenu grand !

– C'est dur à croire ! Je l'ai pourtant vu de mes yeux ! protesta Van der Wille. Je l'ai bel et bien vu s'envoler et se diriger vers la mer.

Des éclats de rire lui répondirent.

– Croyez-moi si vous voulez ! fit d'un air vexé Van der Wille et, prenant la main de sa fille, il s'approcha du moulin.

Le moulin lui chuchota :

– Pardonne-moi, Wille, c'est à cause de moi que tu es devenu la risée du village. Il n'y a que toi et moi et le vent enchanteur qui savons que j'ai volé dans les airs. Cela sera notre secret. L'amitié a besoin de secrets partagés. Je ne le dirai jamais au héron et au bateau. Mais tu sais, l'important, c'est d'être ce que l'on est. Et il ne faut pas se moquer des autres, il ne faut pas les railler parce qu'ils ne peuvent faire ce que nous faisons, il ne faut pas non plus être jaloux d'eux... Notre place est ici, Wille, sur cette bande de terre arrachée à la mer...

– Tu as entendu quelque chose ? demanda Van der Wille à sa fille.

– Non, papa, lui répondit-elle.

« C'est cette bière ! pensa Van der Wille. Et pourtant, sûr que je l'ai entendu, il parlait ce moulin, je l'ai entendu de mes propres oreilles ! » Il poursuivit à voix haute :

– Allons dormir. Il se fait tard.

Les hommes et la petite fille reprirent le chemin vers les lumières de Volendam et le claquement de leurs sabots souleva quelques vaguelettes dans la mer dormante. Mais elles s'assoupirent bientôt, blotties dans les bras de la côte néerlandaise conquise sur la mer...

La clochette, le miroir espion et la clé,
ou L'histoire de la Maison

Un conte inspiré par les Pays-Bas

LES MAÇONS arrivèrent à l'aube, avant que le soleil n'inonde le canal de ses reflets chauds. La construction d'une nouvelle maison doit commencer avec le premier sourire de l'aube. Les rayons du soleil levant allaient percer l'eau et faire de la place pour les piliers. Quand le soleil vient à la rescousse, ce n'est pas si difficile de construire une maison sur l'eau. Et d'ailleurs, plus c'est difficile, plus les piliers seront solides. Toute fière, quoique ce ne soit un bateau, la maison maintiendra solidement au-dessus de l'eau la chaleur d'un foyer. Même ancrée, elle voguera toujours avec joie vers un espoir humain.

La voici grandir impétueusement. Les fondations ne sont pas larges, mais elles sont solides, les briques s'empilent, emprisonnent les chambres dans leur cadre rouge. Avec complicité, elles clignent de leurs yeux voilés par le mortier et regardent déjà la rue près du canal en s'adonnant aux rêves.

La nouvelle maison aura un maître. C'est elle qui doit le choisir. Le choix est une chose difficile. Le choix fait peur, il trouble. Il y a des maisons frivoles qui offrent leur toit au premier venu : s'il leur déplaît, elles le mettent à la porte et en prennent un nouveau. Et cela se poursuit continuellement. D'autres payent leurs erreurs toute la vie. Elles supportent un maître désagréable, négligent ou cruel, bien que leurs piliers grincent douloureusement.

La maison neuve n'est pas frivole. Elle est même un peu méfiante. Elle a posé sur la fenêtre du premier étage un miroir espion. Elle peut y voir tous ceux qui passent dans la rue, elle peut les examiner, les jauger, les juger. Dans la rue sont déjà passés deux marchandes de fleurs, un ramoneur et quatre chattes aux yeux verts comme du phosphore. Elle ne leur a pas ouvert sa porte. Ils n'étaient pas suffisamment fiables. Mais voici un monsieur qui peut entrer. Il s'appelle Van der Brugge, il est sage, sérieux et très riche. Il saura sûrement s'occuper avec soin de la maison. C'est le miroir qui l'a dit. L'homme entre et la maison tremble sous ses pas. C'est une sensation désagréable, comme s'il y avait un tremblement de terre. Il regarde son plancher tout simple, visite l'étage, examine l'escalier qu'il ne trouve pas assez solennel. La maison a envie de pleurer. Puis un espoir la fait tressaillir : « Il jettera au moins un coup d'œil par la fenêtre et verra la belle vue sur Amstel, il me trouvera à son goût... » Mais les pas de Van der Brugge s'éloignent dans la rue...

Voici que les quatre chattes reviennent. Elles s'arrêtent devant la porte. Engagent une conversation étrange. La maison retient le souffle de son foyer.

– Regarde-moi ça, ma chère, peut-on être aussi bête ! Mettre un miroir à la fenêtre ! Faire confiance à ce morceau de verre brillant et mensonger ! Les maisons sont parfois naïves jusqu'à la bêtise !

– Mais elle manque d'expérience, la pauvrette. Pourtant ses fondations sont solides. On peut pardonner l'aveuglement de ses fenêtres. Nous devons l'aider !

– Je pourrais lui donner ma clé magique. Je vais verrouiller la porte pendant un certain temps. Au début, toute maison a besoin d'un ami qui la ferme à clé. Pour ne pas laisser entrer n'importe qui.

– Et quelqu'un qui lui fasse comprendre à qui ouvrir. Fermer la porte à clé n'est pas une bonne solution, ma chère ! Une maison fermée peut même s'écrouler. Je vais lui donner une clochette. Elle lui soufflera ce qu'il faut faire.

– Hé, belles minettes enchanteresses, sages et bonnes, à vrai dire magnifiques, pourquoi ne resteriez-vous pas avec moi ?

– Oh, non, nous vivons dans une péniche sur Amstel. Les enchanteurs perdent leur don magique s'ils vivent de façon trop confortable ! Et il ne faut jamais trahir le toit qui nous abrite. Nous partons ! Et les chattes s'en allèrent d'un pas léger sans frôler le sol.

La clochette s'agita toute la journée en suivant les pas des passants, son timbre était tantôt prétentieux, tantôt présomptueux, ou indifférent.

La clé grinçait avec tristesse. Elle laissa même échapper un sanglot :

– Je finirai par rouiller ! C'est terrible de ne pas pouvoir trouver de maître. Pas un qui fasse l'affaire dans toute la ville ! Mais il vaut mieux que je me taise que de me montrer mauvaise conseillère ! Car quelle responsabilité ! Toi au moins, tu sens leurs pas, tu as du flair...

– Et j'en suis responsable ! se froissa la clochette et on l'entendit enfin chanter d'une voix distraite mais claire.

Les marchandes de fleurs et le ramoneur passaient de nouveau dans la rue. La maison sentit ses fondations vibrer, de joie. En fait, elle n'avait pas entendu le son léger de la clochette. Tant de sons, et la rigueur de la clé, l'avaient changée. Ses fondations étaient devenues sures et seul l'amour pouvait maintenant les faire tressaillir.

La clé chanta dans la serrure. Aux sons de la clochette, ce sont les fleurs d'Amsterdam et une promesse de bonheur, toute barbouillée de suie, qui passèrent le pas de la porte. Ils entrèrent avec une telle assurance dans leur maison que leurs pas firent tomber le miroir espion qui se brisa en mille petits éclats d'hypocrisie. Les bons maîtres de la maison ramassèrent les débris et les jetèrent immédiatement...

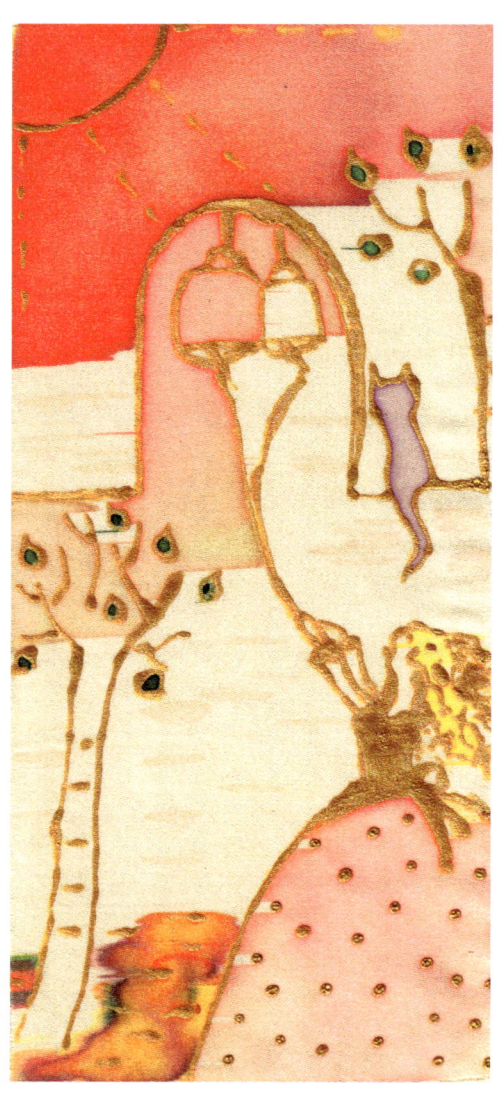

La ville des dentelles

Un conte inspiré par Bruxelles

IL ÉTAIT une fois une vieille ville grisâtre que le son engourdi et mélancolique des cloches des grandes églises royales réveillait à l'aube. La grisaille grimpait sur les splendides façades des édifices, écrasait les jardins sous son brouillard, s'insinuait dans les âmes. Et les étouffait. Maîtresse toute-puissante de la ville, la grisaille pouvait même tromper la vigilance des sentinelles du palais. Elle se glissait en catimini dans le cabinet de travail du roi et lui dictait des décrets terribles, des arrêtés et des ordres implacables.

Personne ne pouvait en venir à bout. Plusieurs essayaient de l'ignorer. Ils tentaient de la noyer dans la bière, mais ne parvenaient qu'à la rendre encore plus grise et épaisse. Étouffés dans son étreinte convulsive, ils continuaient de suivre ses pas chancelants.

D'autres, au contraire, l'aimaient et craignaient qu'elle ne s'en aille. Ils la nourrissaient de leurs âmes ternes car elle cachait leur misère morale. C'est ainsi qu'elle récompensait leur soumission.

Il y en avait aussi d'autres qu'elle martyrisait, les étouffant sous son épais brouillard d'automne que l'ardeur de leurs cœurs tentait de dissiper. Sûre d'elle-même et vigoureuse, la grisaille avançait en rampant, jusqu'à voiler même le soleil. Et pour qu'elle n'éteigne pas leur flamme, les esprits insoumis quittaient la ville et partaient à travers le vaste monde.

Il y avait aussi une jeune fille à laquelle cette ville lugubre était devenue insupportable. Elle rêvait de routes menant loin du royaume de la grisaille. Un jour, elle trouva le courage de partir. Elle s'éloignait de la ville, marchait à travers la plaine verdoyante, cueillait des fleurs et ses doigts emprisonnaient les fils argentés des toiles d'araignée. Les plongeant dans les ruisseaux clairs, elle en retira des filets d'eau et renvida en fil très fin le suc des tiges des fleurs… Ses pas la menèrent jusqu'à une petite chapelle isolée, loin des bourgs et des hameaux. La chapelle ne ressemblait pas aux cathédrales ni aux églises royales avec le timbre froid de leurs cloches, peut-être parce que la foi profonde fuit l'opulence et l'autorité. Ses cloches chantaient avec la voix cristalline et pure d'un enfant. Elles ne se balançaient pas comme les autres cloches, mais tournaient comme des bobines. La jeune fille s'arrêta pour écouter leur musique. Et voici que le soleil déversa soudain à ses pieds des milliers d'aiguilles d'or et lui dit de sa voix chaude :

– Enroule ton fil autour des cloches, fixe-le avec les aiguilles d'or, et que les cloches chantent ! Laisse filer par tes doigts la flamme qui te consume, la haine de la grisaille. Un miracle t'attend !

La jeune fille fit ce que le soleil lui demandait. Le temps s'arrêta pour elle. Les années passaient en l'effleurant à peine... Quand elle eut fini de filer, elle se pencha au-dessus de l'eau du ruisseau pour y voir son image. Son visage était couvert d'une toile de rides aussi fines qu'une dentelle. Un autre voile de dentelle était posé sur l'herbe : on pouvait y admirer toute la beauté de la terre, animée par la flamme pure de l'âme de la jeune fille. Soudain le voile se déploya dans ses mains, et battant comme des ailes il s'envola par-dessus les champs au son vivant de clochettes d'argent. Atteignant la ville, le son lumineux fit tressaillir la grisaille, le voile de dentelle qui emprisonnait les fils du soleil repoussa les nappes ténébreuses, et la grisaille alla se terrer tétanisée par la peur dans les coins noirs. Les habitants de la ville sortirent alors en liesse dans les rues pour accueillir la dentellière. Les uns étaient gais, d'autres étaient dans l'épouvante ou tristes. Mais la ville se mit à changer, revêtant des atours rayonnants.

À partir de ce jour, des centaines de manufactures de dentellerie ouvrirent leurs portes même aux coins les plus sombres de la ville. Tous les habitants ornèrent de dentelle leur costume, du roi au plus modeste des apprentis. Mais la grisaille ne s'avoua pas vaincue pour autant. Elle arbora également des vêtements de lumière. Il n'était pourtant pas difficile de la reconnaître, car sur elle la dentelle perdait son éclat et prenait des teintes terreuses.

La grisaille n'est toujours pas chassée de la ville... Pas complètement. Il est encore des cœurs qui s'ouvrent à ses ruses.

L'important, c'est qu'elle n'ose plus trop sortir de ses cachettes. Un jour, un nouveau miracle du soleil la chassera de son ultime refuge. Mais, tant qu'elle existera, les doigts agiles des jeunes filles tresseront inlassablement des dentelles...

Le Continent inexploré

HAAN descendait vers la côte. La mer l'appelait, comme tout au long des nuits estivales les rêves appellent les songes à les suivre. Chaude comme une caresse, attendrie par le souffle de l'été, la nuit, d'un bleu transparent, avait donné sa couleur profonde à la mer du Nord, d'habitude si grise. Et celle-ci laissait échapper des soupirs du bonheur d'être, pour une fois, semblable à ses sœurs du Sud. La nuit était assise sur le rivage et les vagues effleuraient ses doigts. Nuit et mer s'abandonnaient à la caresse du souffle brûlant du Sud. C'est au cours de tels instants que naît le merveilleux. Le bonheur du vœu exaucé, du rêve réalisé, rend meilleurs les nuits, les mers et les hommes, et les ouvre au monde. Pour connaître la vérité que recèle un être, il faut regarder dans la cachette secrète de ses rêves. Le désir ardent est la nature profonde du monde, ses lendemains lointains, inaccomplis, insaisissables.

La lune rousse et ronde, tel un fruit exotique et enchanteur suspendu dans le ciel du Nord, éclairait les songes du petit Haan, le grisait avec le parfum suave de villes espagnoles... Les rêves de Haan étaient comme des vaisseaux fantômes immatériels, fendant les flots d'un bleu intense, lancés à la recherche de terres vierges, inexplorées, sous les lueurs pâles de la Croix du Sud. Mais les frêles caravelles de ses rêves venaient se briser contre les falaises imprenables de l'impossible : il n'y a plus de terres inexplorées, il était venu trop tard au monde. Certains rêves naissent condamnés. Il faut être très fort pour abreuver du sang de son cœur la chimère impossible. Si l'on réussit à le préserver du désespoir, à ne pas l'étouffer, à ne pas l'abandonner, ce rêve devient une double vie, vraie, refusée mais conquise. Cette nuit-là, Haan contemplait la mer et essayait de chasser de son cœur un rêve impossible. Il comprit qu'il n'y réussirait pas. Chasser ce rêve signifierait renoncer à soi-même, à la nuit étrange qui embrassait la mer du Nord, au murmure clair de cette lune ronde comme une orange lui disant que tout est possible. Y compris de sauver ce qui semble condamné à disparaître, si on s'y accroche suffisamment fort.

Il était arrivé près du port. Les vagues balançaient quelques vieux bateaux venus de l'âge où les continents inconnus existaient encore. Haan préférait le plus petit d'entre eux, à la coque abîmée par la fougue salée des vagues. Ses voiles, lacérées par les orages, flottaient au vent comme un pavois des rêves. Le bateau le reconnut et le salua d'un sifflement joyeux et profond :

— Tu es triste, Haan, tu penses que le temps t'a échappé, qu'il a fui en arrière, que tu ne peux ni l'attraper ni le faire revenir, et que tu ne peux pas aller à la découverte de ces rivages inconnus qui ont gardé tout leur mystère et ont préservé un monde insoupçonné pour te le révéler... Ne sois pas triste, Haan. Sois fidèle à tes rêves. La fidélité, toujours et en toutes choses, triomphe du temps, c'est la grande richesse du cœur humain, elle qui nous ancre dans un seul port, nous ouvre des espaces plus infinis que l'océan, nous apporte un bonheur plus grand que la liberté absurde... La fidélité est la liberté de choisir son bonheur. Monte sur le pont, Haan. Prends la boussole des rêves. En avant, capitaine ! En avant vers le continent inexploré ! Je t'y conduirai. Ce continent existe, Haan, et nous allons consacrer notre vie à sa découverte !

D'un bond Haan se retrouva sur le pont. Le bateau leva l'ancre, mais au lieu de se diriger vers le large, comme le pensait son heureux capitaine figé dans l'attente du miracle, il plongea dans les profondeurs de la mer du Nord. Les fonds marins étaient aussi touchés par le rêve — il avait emprisonné dans un souffle chaud leur fraîcheur et les flots enveloppaient de douceur le bateau et son capitaine, ce petit Haan effrayé…

– Arrête, où vas-tu ? Nous allons nous noyer !

– Souviens-toi, Haan, que si tu n'as pas bu suffisamment d'amertume, le rêve ne pourra pas se réaliser. Tu ne vas pas périr si tu suis le chemin que te montre l'étoile unique, la tienne, mais il faut que tu sois prêt à tout. Et maintenant, respire profondément : nous allons rencontrer l'oracle des mers.

Le bateau échoua contre un récif de corail et sans se démonter s'écria joyeusement :

– Nous voici au cœur des secrets ! Tu peux poser à l'oracle toutes les questions que tu veux. Il connaît l'avenir des rêves.

– Où est l'oracle ? Je ne le vois pas !

– Le corail est le meilleur oracle de toutes les mers. Il a donné naissance à un monde merveilleux. Celui qui crée la beauté avec sa propre chair est un sage. Puisons dans sa sagesse, Haan !

– Soyez les bienvenus ! La voix du corail était profonde, à conquérir les cœurs. La voix révèle l'essence de l'être — la beauté a une belle voix. « N'ayez pas peur de moi. L'avenir ne fait peur qu'aux faibles, et un faible est celui qui ne se connaît pas. Je ne fais peur qu'aux bateaux qui ont perdu le Nord. Alors que vous, vous suivez votre étoile, l'étoile de vos rêves. Je connais ton rêve, Haan. Vouloir faire des découvertes est louable, pourvu que l'on sache ce que l'on souhaite découvrir. Il n'y a plus de terres vierges, Haan, ni au Nord ni au Sud. Il n'y a qu'un seul rivage inexploré, et peu nombreux sont ceux qui se donnent la peine de le chercher. Mais il est très difficile de le découvrir. Tu ne pourras pas le voir avec une longue-vue, même par temps clair. Ton regard devra scruter ses profondeurs de très près. Il n'est ni ici, ni là, ne se trouve pas à un seul endroit, il est partout. Nos rêves le cherchent. Les uns choisissent le bon chemin, d'autres font fausse route. Tous ceux qui souhaitent découvrir une chose la trouvent en chemin. Mais ils ne savent pas toujours que c'est elle qu'ils cherchent... Je pense que j'ai été clair ? »

– Je n'ai rien compris, murmura Haan.

– Partons ! Au revoir ! s'écria le bateau et il dit à Haan à voix basse : « Je t'expliquerai : les sages aiment parfois cacher derrière des paroles obscures la vérité pénétrée. Ils ont peur qu'on ne les croie pas. La vérité est toujours très simple. Lui faire confiance est un art. Elle est tout près de nos aspirations, cachée au fond du cœur. Reste sur le pont, capitaine, et écoute avec attention ce que je vais te dire. Le continent que tu dois découvrir, c'est le monde des merveilles, le monde du BIEN. Le bien est partout, dispersé aux quatre vents comme du sable rose. Tu en collecteras les grains toute ta vie pour en faire le rivage de corail de ta terre promise. J'ai beaucoup voyagé. Les vents m'aimaient. L'amour déchaînait leur fougue et ils déchiraient mes voiles. Je ne leur en tenais pas grief, on ignore le poids d'amour que l'on peut porter. Au plus profond de leur furie ils étaient doux et caressants, tendres et apaisants. Je connais tous les secrets de la mer. Je connais un requin féroce qui rêvait toute sa vie d'être un dauphin et de pouvoir parler aux hommes. Il ne pouvait pas se faire comprendre d'eux et... Un hippocampe, si joli pourtant, se voyait en songe devenir le maître de la mer. Et quand il se réveillait, fragile comme un rêve et vaniteux comme un dictateur, il ne tenait pas en place... Fais attention, Haan, de ne pas confondre le bien avec le masque de la séduction...

Le bien a parfois des dents de requin, il est parfois imperceptible comme l'air. Dans notre monde, découvert depuis longtemps, il est dangereux de montrer aux autres le bien que l'on porte en soi. Cherche, Haan, cherche !

Nous allons maintenant rentrer à Volendam. Les premiers sentiers menant vers le nouveau continent t'y attendent. Quand vient le soir, la musique venant de l'hôtel s'élève, elle transperce le corps de la jeune Hendricke paralysée, elle rythme les battements de son cœur, elle tinte comme mille clochettes argentées à ses oreilles, elle la rend agile et forte, et alors, Haan, Hendricke danse, elle danse sur toutes les scènes du monde, elle distribue aux enfants pauvres l'argent gagné, oui, Hendricke, que l'on croit d'habitude mécontente et maussade. Et ton plus grand ennemi, Patrick van der Lobbe, il s'est battu hier avec toi et tu ne sais pas pourquoi, n'est-ce pas ? Puis il a pris ton goûter. Il l'a amené à un chien abandonné qui est son ami. En allant à l'école, il avait déjà partagé avec lui sa tartine. Lui, Patrick, qui n'a de la pitié pour personne... Le bien est souvent mêlé au mal, comme les gouttes d'ambre au sable du rivage. Mais le sable mesure le souffle saccadé du Temps et l'ambre recueille la lumière de l'Éternité... Je ne t'en dirai pas plus, Haan, je te laisserai le plaisir de la découverte. Le monde entier est devant toi : le ciel, la mer, la terre verdoyante et printanière ou figée dans les neiges de l'hiver, regarde bien tout, même les pierres inanimées le long du chemin. LE RIVAGE DU BIEN EST DEVANT TOI. Nous sommes arrivés, Capitaine ! »

Volendam dormait sous le pâle ciel du Nord et des profondeurs de son sommeil montait le continent englouti inexploré...

La Montagne rose

C'ÉTAIT l'une des nombreuses montagnes qui ceignaient la vallée verte embaumant la lavande. Au début, la montagne n'était pas rose. Vus de près, ses versants étaient d'un bleu tirant sur le vert et, vus de loin, ils avaient la couleur azur de la plupart des montagnes dans le monde. Mais la montagne ne souhaitait pas être comme les autres.

Ceux qui ne veulent pas ressembler aux autres sont peu nombreux, si peu nombreux qu'on les croit hautains, présomptueux et sait-on quoi encore. À juste titre parfois. L'important c'est de savoir pourquoi et en quoi on veut être différent des autres. La montagne voulait être différente pour donner aux hommes qui habitaient là-bas, dans la plaine, la joie de redécouvrir le monde. Pour leur dire qu'en regardant par leur fenêtre ils peuvent voir un monde insolite, jamais vu, même en rêve, un monde tissé de lumière. Que la vie peut être merveilleuse avec un soupçon de nouveauté, si seulement on osait changer ce qui est connu et établi depuis toujours. La montagne voulait faire connaître tant de belles choses aux hommes, mais elle ne pouvait y arriver toute seule, bien qu'elle fût dotée d'un fort caractère. Et, quand on aspire à faire le bien, ce sont ceux qu'on aime qui s'adonnent à nous épauler.

La montagne hissa encore plus haut ses cimes, frôla le ciel et s'écria :

– Hé, petits nuages galopant comme des chevaux, où est le soleil ?

« Où est le soleil, le soleil-eil ?... » fit l'écho né au creux des rochers. Il voulait aider la montagne qui l'abritait en son sein. Les nuages s'enfuirent à l'autre bout du ciel et découvrirent le soleil aux joues roses, tout ensommeillé et un peu grognon.

– Aide-moi ! lui demanda la montagne. Je veux être rose comme de la guimauve. Tu peux tout : donne-moi une touche de tes couleurs, une touche si légère que diluée dans l'air elle devienne rose pâle. Tu sais que les hommes craignent le feu, ils se protègent de tes ardeurs avec des parasols et des chapeaux. Mais moi, je veux qu'ils s'éprennent de ton feu en aimant ses nuances les plus délicates. Il faut que nous leur donnions une petite joie qui ne coûte rien ! M'aideras-tu ?

– Bien entendu ! répondit le soleil. Il savait que celui qui apporte la lumière aux autres reste éternellement jeune. Croyait que la jeunesse avait ses sources dans l'œuvre bienfaisante et l'amour véritable. Et le soleil versa avec toute sa générosité la force vivifiante de ses rayons par-dessus les collines.

C'était facile à dire, mais incroyablement difficile à réaliser. Pour que la montagne devienne rose, le soleil ne devait pas se coucher derrière ses épaules rondes, même s'il était très fatigué. La montagne ne dormait pas non plus : il ne suffit pas d'être rose de l'extérieur pour donner la foi aux autres. Elle irradiait tout entière — dans ses entrailles brûlait le feu, son propre feu et non celui du soleil.

La montagne et le soleil attendirent l'aube avec un frisson d'espérance. En vain. Comme d'habitude, les hommes entamèrent leur journée sans le moindre regard à la montagne. Un regard aurait suffi pour que le jour leur fît son plus beau sourire. Mais les hommes ne croyaient pas aux miracles, ils n'essayaient même pas de les chercher. Seul un homme acariâtre, par pur hasard, saisit l'éclat rose. Il avait levé les yeux vers le ciel pour bougonner :

– Voyons ! le ciel montrera bien que les météorologues m'ont encore trompé avec leurs prévisions. Ils prétendent qu'il fera beau ! Cours toujours ! Rien de plus bête qu'un optimisme injustifié, quant à l'optimisme justifié il n'existe tout simplement pas... Tiens ! Quelle est cette bizarrerie ! Une illusion d'optique : une montagne bleue, une montagne rose... Ça n'existe pas ! Tout homme de bon sens sait qu'une montagne n'est qu'un tas de cailloux, qui de loin peuvent prendre toutes couleurs.

Quelque chose pourtant le poussa à s'approcher de la montagne. Il marcha à travers les champs de lavande et, chose étrange, il se prit à croire qu'il n'était pas impossible que la journée fût belle. Il arriva enfin au pied de la montagne. Et il eut l'impression de se trouver au cœur d'une grande pomme d'amour rouge, comme celles de son enfance. Le vent sifflait de façon étrange, les nuages, aux couleurs de l'arc-en-ciel, tournaient comme un carrousel... Il se frotta les yeux. La montagne rose ressemblait à la mousse rosée que sa mère déposait dans une assiette en écumant les confitures de fraises, les confitures qu'elle préparait pour les grandes occasions, et lui, il n'avait droit qu'à l'écume. Cette mousse sucrée qui collait sur ses joues, pendant que les flammes dansaient sous la bassine de fruits rouges comme le soleil souriant là-haut !

Il voulut rester toute sa vie dans la montagne de rêve. Mais il eut peur : il avait une femme et des enfants. Et des amis qui le considéraient comme un homme de bon sens. Comment s'adonner aux miracles roses ? Il devait rentrer à la maison. Peut-être un jour partagerait-il cet émerveillement, pour le revivre, pour transmettre la foi des miracles. Quand il aurait des petits-enfants. Il leur raconterait cette histoire comme un conte merveilleux.

Et l'homme s'en alla.

Le soleil demanda tristement à la montagne :

– Nous avons peut-être fait une erreur ? Ne vaut-il pas mieux nous reposer ? Je suis mort de fatigue et je voudrais dormir et toi, tu es brûlée jusqu'aux profondeurs par ce feu...

– Non, lui répondit la montagne. Tu es le soleil, tu as tant d'ardeur, et moi je suis une montagne, la pierre brûle mais ne se consume pas. Il faut que nous tenions bon. Jusqu'aux temps où tous voudront rester auprès de nous. Quand ils sauront que nous existons, quand ils croiront à notre existence. Ce n'est qu'alors que nous pourrons nous reposer...

À travers les champs de lavande, des enfants couraient vers la montagne et, au-dessus de leurs têtes, débordant de confiance dans le soleil planait un cerf-volant...

L'Homme qui parlait aux étoiles

LA NUIT descendait doucement sur la ville, la serrait dans ses bras sombres, la berçait dans son giron et en illuminait les rêves à la lueur des étoiles.

Un homme ne dormait pas. On l'appelait « l'Astrologue ». Il quittait sa maison au plus profond de la nuit. Il ne se rendait pas à l'Observatoire. Il observait le ciel du haut des tours de la cathédrale. C'était la plus belle cathédrale au monde, un cri lancé vers le cœur de l'Univers.

Les hommes ont différentes manières de construire leurs temples. Un temple peut être une maison de la vanité humaine, un faible appel à l'aide, un monument à la peur humaine, un témoignage de force brutale. La Cathédrale d'où l'Astrologue observait le ciel était un puissant défi : un lieu où l'on pouvait regarder son âme, la retourner, la libérer du superflu et la laisser s'envoler, emportée avec les plaintes de l'orgue quittant la cathédrale, et voler encore plus haut.

L'architecte du temple avait cherché le chemin vers l'Éternité. Il avait voulu l'effleurer, élever les autres jusqu'à l'infini des cieux. Peu nombreux étaient ceux qui l'avaient compris. Et son œuvre troublait les âmes des humains. Ils venaient rarement ici et l'Astrologue se sentait tranquille. Personne ne dérangeait sa solitude. Installé en haut de la tour, il tournait ses regards vers les étoiles. Il pensait à l'architecte qui avait donné un corps de pierre à l'élan vers l'infini. Il sentait l'assurance l'envahir, comme si une main amicale se posait sur son épaule. C'est merveilleux qu'un homme tende à travers les siècles sa main à un autre homme. Les créateurs forment ainsi une chaîne originelle. Ils ne sont pas seuls. Ils ne sont pas incompris. Ils sont assis, réunis autour de la table du Temps, mangeant le pain de leurs œuvres, pétri avec la farine du dur labeur, avec les larmes de souffrances inouïes, avec le sel de l'élan. La nuit les unit au moment où le temps s'arrête, et où les étoiles les plus claires brillent au ciel.

C'est leur éclat que regardait l'Astrologue. Les étoiles étaient proches de lui. Il voyait clairement chacune d'elles et n'essayait pas de les compter. Il n'avait pas besoin de télescope. Chez certains êtres les énigmes allument un feu intérieur plus précieux que la connaissance. Pas à pas ils conquièrent l'infini. L'Astrologue était de ceux-là. Les savants le tenaient pour un incapable. Voyons ! il ne sait pas dresser une carte du ciel étoilé, il voit des astres inexistants. Quelle folle impudence — disaient-ils — regarder le ciel à l'œil nu !

On entendit des pas rapides qui sonnèrent dans l'escalier du clocher. Il se retourna. C'était une jeune fille : essoufflée, pauvrement vêtue, tremblante de peur.

– Je vous en supplie, Monsieur, ne dites pas que vous m'avez vue, on me cherche pour me juger et me condamner au bûcher ! On me prend pour une sorcière, une magicienne, les hommes de l'Inquisiteur sont à ma poursuite. Pour l'amour de Dieu, cachez-moi !

Des cris et des bruits de pas montaient de la rue.

– Où est-elle passée ? Comme si elle s'était évanouie ! Montons sur la tour...

L'Astrologue apparut en haut de l'escalier :

– Est-ce moi que vous cherchez ? Je descendrai auprès de vous, c'est un honneur que de vous accueillir ici.

– Êtes-vous seul, Monsieur ?

– Ici, sur la tour du clocher, je sens toujours une présence. Est-ce de cette présence que vous voulez parler ?

– Partons ! s'écria quelqu'un, qui ajouta à voix basse : « Cet homme a le cerveau dérangé ».

Les hommes s'en allèrent. La jeune fille regarda avec reconnaissance l'Astrologue.

– Es-tu vraiment une magicienne ?

– Non. Mais quand je prie, le ciel entend mes prières. Il les écoute avec le cœur. Vois-tu cette grande étoile qui vibre ? Que veux-tu que je fasse pour toi ?

– Demande dans ta prière que les étoiles que j'ai découvertes trouvent leur place exacte sur ma carte. Je n'ai pas d'argent pour acheter des instruments, mes cartes sont inexactes, et les hommes de science ne me prennent pas au sérieux.

La jeune fille tendit ses mains, paumes ouvertes, vers le ciel. Elle appela les astres comme les paysannes appellent leurs poules pour les faire picorer. Et une pluie d'étoiles répondit à son appel. Elles venaient se poser sur la carte de l'Astrologue, y laissaient des petits points lumineux, puis miroitaient sur les paupières, les mains, la poitrine de la jeune fille, avant de s'envoler de nouveau au ciel.

L'Astrologue restait émerveillé et troublé. Il avait besoin d'une chose encore pour devenir heureux. Mais il ignorait quelle était cette chose. Il se tourna vers la petite enchanteresse, il voulut lui poser la question. Il vit des étoiles dans ses yeux, des étoiles dans ses paumes, et une étoile vibrait, palpitait aussi sous son vêtement en haillons...

Il n'avait plus besoin de l'interroger. Ils restèrent l'un à côté de l'autre sans rien dire. Ils se parlaient en silence. Ils attendaient l'aube, bercés par un rêve. Ils cherchaient en silence le chemin vers le monde hostile à leurs pieds. Sans paroles ils imploraient les cieux. Ensemble.

Dans le ventre de pierre de la tour naissait le jour...

Le Ramoneur

Un conte sur le bonheur

LE RAMONEUR vivait dans la mansarde sous le toit. Seul le toit le séparait du ciel. C'était si facile pour lui de se rendre au travail : le matin il n'avait qu'à enjamber le rebord de la fenêtre pour retrouver ses amies les cheminées. Il nettoyait leurs gorges noires obstruées par la suie des mésententes, la crasse des querelles, les milliers de paroles injustes, les regards accusateurs, les gestes coléreux, qui éteignent le feu dans l'âtre. Et son cœur était joyeux si, quand il avait terminé son travail, les effluves sucrés d'un gâteau montaient jusqu'à ses narines. Il continuait plus loin sur les toits, portant l'espoir sur son épaule.

Le ramoneur n'entrait jamais dans une maison sans y être convié. À travers les conduits des cheminées, il savait percer les secrets de chaque foyer et deviner à l'odeur et à la couleur de la fumée le feu qui réchauffait les cœurs des propriétaires.

Il était toujours près du ciel et du soleil. Et ils lui répondaient avec amour, car il était d'une nature rayonnante et généreuse. Si des nuages voilaient le soleil, il prenait son hérisson bleu — tout comme celui dont il se servait pour nettoyer les cheminées — et balayait les intrus. S'il remarquait que le ciel était devenu gris de tristesse, il prenait son hérisson rose et amenait l'espoir que le lendemain les fumées grises deviennent blanches. Pour le remercier, le ciel saupoudrait sur son visage de fines gouttelettes de soleil. La figure du ramoneur était alors parsemée de paillettes d'or et les gens pensaient que le soleil les regardait à travers le conduit de la cheminée.

Un jour, le ramoneur reçut une visite. C'était un jeune homme pauvre. Il s'arrêta au seuil de la chambre sous les toits et lui dit qu'il l'enviait de vivre aussi près des étoiles. Le jeune homme vivait avec sa femme au sous-sol où la lumière des étoiles ne peut pénétrer. Le ramoneur promit à son visiteur de recueillir, la nuit venue, la lumière qui ruisselait par sa lucarne et de l'envoyer par la cheminée jusqu'à la chambre du sous-sol. Le jeune homme se plaignit que sa cheminée ne tirait pas, qu'il faisait froid dans sa chambre mais que, de toute façon, il ne pouvait pas payer.

Le ramoneur n'attendit pas que l'imploration dans les yeux du jeune homme descende jusqu'à ses lèvres. Il répondit, un peu gêné, que cela n'avait pas d'importance. Il se précipita alors vers le toit avec tous ses hérissons magiques. Il regarda dans le conduit de la cheminée. Il n'était pas bouché. La fumée âcre lui fit comprendre que dans l'âtre du jeune ménage brûlait du bois bon marché que personne n'achetait, car il était trop humide et dégageait beaucoup de fumée. Pour tenir sans feu par un tel froid, il faut avoir une âme ardente. Il se devait d'aider les jeunes amoureux. Le feu qui animait leurs âmes devait brûler toute leur vie et il ne fallait pas qu'ils le gaspillent pour chasser le froid et la misère.

Pendant qu'il pensait à cela, le ramoneur vit que des lambeaux de fumée, ressemblant aux haillons d'une vieille vagabonde, s'échappaient de la cheminée et s'élevaient vers le ciel. L'amour bienveillant avait chassé la misère. Celle qui engloutissait habilement le feu des cœurs s'était enfuie, affolée, chassée par la peur, car cette flamme éternelle était mortelle pour sa gorge...

Le ramoneur leva un regard confiant vers le ciel qui lui envoya une pluie d'étincelles d'or, mais au lieu d'offrir le visage à sa caresse, il tendit ses paumes pour la recueillir et la déversa généreusement dans la cheminée du jeune couple. Une flamme puissante dansa dans l'âtre, s'éleva, illumina la chambre miséreuse et réchauffa les mains engourdies des jeunes époux. Il n'y avait ni dinde rôtie ni gâteau de fête à leur table, cependant ils étaient heureux car personne ne pouvait les priver du feu qui réchauffait leurs âmes.

Le feu dans les cœurs et le feu dans l'âtre brûleront ensemble. Le feu est nécessaire, il apporte le bonheur et la paix au foyer, un désir de rester ensemble. Quant au reste, on peut s'en passer.

– Le ramoneur nous a porté chance ! s'exclama la jeune femme. Je voudrais le toucher, pour que nous soyons toujours heureux.

Les jeunes amoureux montèrent jusqu'à la mansarde. Le ramoneur sortit à leur rencontre. La femme l'effleura craintivement de la main, le jeune homme posa la main sur son épaule. Puis tous les trois s'assirent près de la fenêtre, tendirent leurs mains noircies par la suie et laissèrent la lumière des étoiles glisser à travers leurs doigts. L'étoile du soir brillait comme un feu de cheminée et la Voie lactée serpentait au loin comme une guirlande qui décorait la fête de l'amour.

La Voie lactée du bonheur...

« Amitié »

Peinture sur satin
de Svétoslava Prodanova-Thouvenin

Des mêmes auteurs :

Prodanova-Thouvenin, Svétoslava (SPTh),
Thouvenin, Patrick (PTh)

Chez le même Éditeur :

Books on Demand GmbH,
12/14 rond-point des Champs Élysées,
75008 Paris, France
www.bod.fr

Collection
"Contes et Merveilles"

Poésie en prose, contes

Le Ciel des Oiseaux blessés
auteur SPTh
- 1ère et 2ème éditions :
ISBN 978-2-8106-1874-3
Dépôt légal : juin 2010 & décembre 2010
- 3ème édition révisée :
ISBN 978-2-8106-1342-7
Dépôt légal : août 2011

À l'heure enchantée de l'amour
auteur SPTh
- 1ère édition :
ISBN 978-2-8106-1963-4
dépôt légal : août 2010
- 2ème édition révisée :
ISBN 978-2-8106-1349-6
dépôt légal : juillet 2011

Contes du Temps
auteur SPTh
- 1ère édition :
ISBN 978-2-8106-1926-9
dépôt légal : septembre 2010
- 2ème édition :
ISBN 978-2-8106-2238-2
dépôt légal : août 2011

Le Continent inexploré
auteur SPTh
  - 1ère édition :
ISBN 978-2-8106-1234-5
dépôt légal : mars 2011
- 2ème édition :
ISBN 978-2-8106-2231-3
dépôt légal : août 2011

Dans un Jardin perdus
auteur SPTh
à paraître fin 2011

Série :
Ad Astra

Un roman à suivre, à l'infini...

Ad Astra Tome I
Prologue
auteur SPTh
- 1ère édition :
ISBN 978-2-8106-1186-7
dépôt légal : avril 2011
- 2ème édition révisée :
ISBN 978-2-8106-2158-3
dépôt légal : août 2011

Ad Astra Tome II
Le journal d'Orion
auteur SPTh
à paraître automne 2011

Ad Astra Tome III
Le rêve d'Astra
auteur SPTh
à paraître printemps 2012

Série :
Les aventures de Kécha

*Un conte tendre et profond,
déclaration d'amour à la Création*

Les aventures de Kécha Tome I

La prophétie des Innocents

auteur SPTh
à paraître été 2011

Les aventures de Kécha Tome II

auteur SPTh
à paraître printemps 2012

Collection
"Conversations spirituelles"

Essais philosophiques et spirituels

Les sentiers de la consécration
auteurs PTh & SPTh
à paraître fin 2011

Histoire des Cieux et de la Terre de Tome I à Tome XIII
auteur PTh
premiers tomes à paraître fin 2011

Site Web de l'auteur :
www.lescheminsduvent.net
Courriel :
lescheminsduvent@wanadoo.fr

Petit bouquet de fraîcheur et d'espoir
Création sur parchemin